Schutzlos

Wie ich das Jahr 1945 überlebte

Von Greta Graumenz / Claudia J. Schulze

Meinen Nachkommen und

den Flüchtlingen dieser Welt gewidmet

(Greta Graumenz)

Herstellung und Verlag:
BoD – Books on Demand, Norderstedt
ISBN 978-3-7322-3826-2

Verlassen sind wir doch wie verirrte Kinder im Walde. Wenn Du vor mir stehst und mich ansiehst, was weißt Du von den Schmerzen, die in mir sind und was weiß ich von den Deinen.

Und wenn ich mich vor Dir niederwerfen würde und weinen und erzählen, was wüsstest Du von mir mehr als von der Hölle, wenn Dir jemand erzählt, sie ist heiß und fürchterlich.

Schon darum sollten wir Menschen vor einander so ehrfürchtig, so nachdenklich, so liebend stehn wie vor dem Eingang zur Hölle ...

(Aus einem Brief Franz Kafkas an Oskar Pollak, 08.11.1903)

Prolog

Ich hatte Glück im Unglück, wenn man so will. Glück und Unglück liegen häufig nahe beieinander; manchmal bedingen sie sich gegenseitig und manchmal schließen sie einander rigoros aus.

Als großes Unglück, ja als größtes Unglück meines Lebens, ist mir bis heute mein vierzehntes Lebensjahr in Erinnerung geblieben. Dieses furchtbare Jahr, in dem eine nicht enden wollende Ansammlung von Bedrohungen anwuchs, die gegen mein Leben, meine Integrität, meine Würde gerichtet waren. Das Glück war, im Nachhinein betrachtet, dass ich überlebt hatte. Doch die Bedrohung und das ständige Gefühl des Ausgeliefert-Seins habe ich bis zum heutigen Tag nicht vergessen können.

Ich kann wohl sagen, dass dies mein Leben geprägt hat, und dass es grundsätzlich mein Bewusstsein hierfür geschärft hat, wie Recht und Würde, wie die innere und die äußere Heimat eines Menschen angegriffen werden können.

Unabhängig von Nationalitäten - in einem alles übergreifenden Sinn.

Als für *„vogelfrei"* erklärte Angehörige des weiblichen Geschlechts befand ich mich in einem rechtsfreien Raum; auch das Recht auf Würde war mir und so vielen anderen abgesprochen worden.

Dies geschah auf vielerlei Arten, mit voller Absicht oder auch, sozusagen nebenbei, als Nebenprodukt einer - auch heute noch so verbreiteten gänzlichen Gedankenlosigkeit.

Der Dichter Hermann Hesse sagte einmal: *„Heimat ist nicht da oder dort. Heimat ist in dir drinnen, oder nirgends"*.

Ich weiß nicht, ob ich ihm recht geben würde, oder ob überhaupt nur einer, der gewaltsam aus seiner Heimat vertrieben wurde, ihm recht geben würde oder könnte. Doch zumindest ist es das Letzte, das einem bleibt. Die Heimat in einem drin. Vielleicht auch noch die Heimat als das, was vom Vertrauen in die Welt übrig geblieben ist.

Die Heimat als eine Erinnerung an die in ihr so fraglos scheinende Selbstverständlichkeit der eigenen Existenz.

Die Heimat als ein Weg aus der Realität, die nun ausschließlich aus Fragen, aus Ungewissheit und aus Bedrohung zu bestehen schien.

Aus Zweifeln, Angst und der Orientierungslosigkeit, die einen tagtäglich zu verschlingen drohte, flüchtete ich mich in mich selbst, in meinen Körper, in mein kleines Ich, in meine Erinnerung.

Daher trafen mich die Versuche dieser Männer sich meines Körpers zu bemächtigen in vielerlei Hinsicht. Vor allem trafen sie mich im Zentrum meines Menschseins.

Sie drohten die letzte, ohnehin brüchige Bastion zu vernichten, die mich noch am Leben hielt - mich selbst in unversehrter Einheit. Von all dem wusste ich noch nichts, als meine Familie und ich im Dezember 1944 unser letztes gemeinsames Weihnachtsfest in Julienfelde feierten. Doch schon bald darauf sollte sich alles für immer ändern.

Das letzte Weihnachtsfest

Am 28. Juni 1919 hatte Deutschland mit der Unterzeichnung des Versailler Vertrags den Kreis Wirsitz offiziell an die neu gegründete Polnische Republik abgegeben. Aus dem *Kreis Wirsitz* war der polnische *Powiat Wyrzysk* geworden. 1930 wurde ich als Volksdeutsche in Birkenbruch, im Powiat Wyrzysk geboren.

Wenige Tage nach Beginn des Zweiten Weltkriegs war es von deutschen Truppen besetzt worden. Damals war ich acht Jahre alt. Mit dem Einmarsch der Roten Armee im Januar 1945 endete die deutsche Besetzung und das Kreisgebiet Wirsitz wurde in polnische Verwaltung zurückgegeben.

Das Weihnachtsfest 1944 feierten wir noch gemeinsam in Julienfelde. Mein Vater hatte, traditionsgemäß, die Kirchenglocken geläutet. Es schien mir, als läutete er sie diesmal besonders ausgiebig. Er ahnte wohl, dass diese Glocken bald für immer verstummen würden.

Es sollte auch für lange Zeit das letzte Fest im Kreis meiner Familie sein. Mein mit 16 Jahren verstorbener Bruder Arnold war in unseren Erinnerungen und Gebeten bei uns.

(Mein Bruder Arnold)

Er war unter mysteriösen Umständen zwei Jahre zuvor im Krankenhaus verstorben. Man erzählte sich, dass er dort von polnischen Ärzten getötet worden sei, um ihn als zukünftigen deutschen Soldaten bereits im Vorfeld unschädlich zu machen.

Wir gedachten seiner häufig und noch heute hoffe ich, dass es sich bei den Umständen seines Todes lediglich um ein furchtbares Gerücht handeln möge. Auch der anderen drei bereits vor meiner Geburt verstorbenen Geschwister gedachten wir. Besonders an den heiligen Feiertagen zur Weihnachtszeit. Viele fehlten, zu viele. Wie wohl in jeder einzelnen europäischen Familie zu jener Zeit.

Mein Bruder Karl war ebenfalls nicht dabei, bei unserem letzten Weihnachtsfest in Lilienfelde. Im vergangenen Sommer, nach seinem letzten Fronturlaub, hatten wir ihn zum letzten Mal gesehen. Doch in Gedanken war auch er während dieses Weihnachtsfests bei uns. Wir sprachen davon wie wir uns auf der Straße von ihm verabschiedet hatten.

Sehr schwermütig ist er damals von uns weg gegangen. Bevor er den Zug bestiegen hatte kam er noch einmal zurück, um uns zu umarmen. An diesem Weihnachtsfest waren unsere Gedanken und Gebete also bei ihm und auch bei den Geschwistern, die der Tod uns bereits in ihrer Kindheit genommen hatte.

Wir versuchten den Gedanken, ob wir Karl jemals wieder sehen würden, in diesen Tagen zu vermeiden. Man dachte nur noch an das unmittelbare Morgen.

Schon länger lag es wie eine Drohung in der Luft:

Die Russen, die Rote Armee, würde kommen. Alles war nur noch eine Frage der Zeit. Tag und Nacht hatten die Pferdewagen der jetzt schon Flüchtigen geklappert, welche ohne jegliche Unterbrechung an uns vorbeizuziehen schienen. Mein Bruder Karl hatte Pferde so geliebt. Er war vor dem Krieg in Danzig bei der berittenen Polizei gewesen.

Über sein Pferd hatte er gesagt, dass es einen Menschenverstand hätte. Wann immer ich nun Pferde sah, musste ich an Karl denken. Es war sehr glatt auf unseren Straßen, und viele der Pferdewagen verunglückten. Sie lagen im Straßengraben, neben ihnen die toten Pferde im Schnee. Erfrorene, Verunglückte, Erschossene. Der Schnee war überall. Er legte sich wie eine kalte weiße Decke über die erstarrten Leiber der Toten.

Wenn die Russen kommen, so hatte ich noch wenige Wochen zuvor voller Optimismus im Kreis meiner Familie verlauten lassen, dann gehen wir wieder nach Birkenbruch zurück. In Birkenbruch kannte ich jeden Baum und jede Höhle.

Von meiner Geburt im Jahre 1930 bis zu meinem zehnten Lebensjahr hatten wir alle dort gelebt. Wir, meine Geschwister, die Nachbarskinder und ich, sind täglich in der Natur um Birkenbruch zum Spielen gegangen. Jeder Tag glich einem wunderbaren Abenteuer.

Das Spielen verbanden wir häufig auch mit Arbeiten, die wir zu verrichten hatten.

Dort haben wir Schilf geholt und daraus Gestelle gemacht, die wie kleine Häuser aussahen. Diese Häuschen wiederum kleideten wir mit Pflanzen aus.

Wir schaukelten auf einer selbstgebauten Schaukel, die an einem Schuppen befestigt war, oder wir gingen zum Fluss Netze gegangen wo wir Krebse gefangen und Dampfer beobachtet haben, die ab und zu vorbeikamen.

Oft liefen wir über die dicht mit Kräutern bewachsenen Wege, schauten nach Fasanen und Rebhühnern und beobachteten ihre Nester.

Birkenbruch war mein erklärtes Paradies und mein treuster Zufluchtsort in Kindertagen.

Es gab unzählige Möglichkeiten sich zu verstecken.

Zumindest kam mir das zu jener Zeit so vor.

Doch solcherlei Vorstellungen vertragen sich nicht mit der Realität, die mich, uns alle, mit einer Wucht überrollte, welche einer Naturkatastrophe gleichkam.

Nun konnte man sagen, dass Kriege seit jeher Naturkatastrophen seien. Ja, dass es in der Natur des Menschen liegt, Kriege heraufzubeschwören und dass es somit in der Natur des Krieges liegt, eine Katastrophe zu sein für all jene, die das Leben, die eigenen Entscheidungen oder die schlicht der Zufall in die missliche Situation gebracht hatten als Statisten oder als Ausführende - in welcher Rolle auch immer - Teil dieser Katastrophe, Teil der Menschen traurig Los zu sein. Auch ich, mit meinen unbedeutenden vierzehn Jahren, und der geradezu wahnwitzigen Vorstellung, mein Leben und mich in der so märchenhaft verwachsenen Umgebung Birkenbruchs bewahren zu können, schützen zu können vor dem was, kommen würde, wurde ebenfalls Teil dieser Katastrophe, deren Erschütterungen ich noch heute zu spüren vermag, sobald der Schlaf sich mir verweigert und jene Decke aufreißt, welche die Zeit notdürftig und nachlässig über das Grauen geworfen hat, welches jedem in dieser Zeit auf andere Art begegnete.

Mir begegnete es im Bewusstsein einer beinahe voll-kommenen, einer alles entstellenden Schutzlosigkeit.

Am 22. Januar 1945 marschierte die Rote Armee in unsere Provinz ein. Es war ein Dienstag, an dem sie zu uns kamen. Somit traf es sich, dass ich tatsächlich also gerade in Birkenbruch bei Verwandten zu Besuch war. Und in eben jenem Birkenbruch, meinem so über alles geliebten und vermeintlichen Schutzort, begann es, das andere Leben.

Der erste Panzer, der in unser Dorf kam, erschien mir wie mein persönlicher Todesbote. Ich schloss in diesem Augenblick innerlich mit meinem Leben ab. Es würde keine Zukunft mehr für mich geben, keine Familie. Hier würde es enden, nur wusste ich noch nicht wie. Als deutsches Mädchen, zukünftige deutsche Frau, die zu dieser Zeit per Beschluss als solche von Stalin als „*vogelfrei*" erklärt wurde, wurde ich in meinen nächtlichen Träumen dieser Zeit zu einem Vogel.

Ich wurde zu einem Vogel, der in den Wipfeln der Bäume Birkenbruchs zu entwischen vermochte - im Gegensatz zur Realität, welche mich als Mensch an den bleiernen, kalten Boden dieser Zeit drückte, und in welcher allein der Gedanke an eine Flucht ein gänzlich sinnloses Unterfangen zu sein schien.

Und doch befahlen mir meine Natur und die Zähigkeit meiner Jugend eben dies immer wieder zu versuchen, den Abschluss des Lebens zurückzunehmen, herauszuzögern.

Zu dieser Zeit war ich in meinem vierzehnten Lebensjahr. Oft wurde ich für älter gehalten, was möglicherweise rechtfertigen sollte, das, worauf man es von männlicher Seite aus bei mir abgesehen hatte, auch zu bekommen.
Ich war groß gewachsen, doch sah man mir das Unfertige durchaus an. Die Tatsache, dass ich im Grunde ein Kind war, hätte diese an das, was im Krieg noch an Gewissen übrig geblieben war, appellieren können?

(Birkenbruch)

Was der Krieg seinen Akteuren diesbezüglich gelassen hatte - war es denn wahrlich genug, als dass es mein Kindsein hätte erreichen können?

Ich weiß es nicht. Ich weiß nur, dass ich es versucht habe und dass ich es lange Zeit tatsächlich, buchstäblich in letzter Sekunde, immer wieder geschafft hatte, den Übergriffen der Männer zu entkommen. Kriege sind zumeist zunächst Übergriffe von Männern. Und es trifft so häufig die Frauen und die Kinder, die am wenigsten für das können, was anderen der Hass diktierte.

Leider zieht es letztlich fast alle in seinen Strudel. Hass und Krieg, sie sind beide in hohem Maße ansteckend.

Und hier beginnt die Geschichte meines neuen Lebens, welches meinem alten Leben in nichts mehr glich.

Januar bis Februar 1945: Schutzlos

Nach den Feiertagen war ich also für eine Weile zu Verwandten in meine Geburtsstadt Birkenbruch zurückgekehrt. Meiner Tante Gertrud und ihrer Familie hatte ich dort im Haushalt geholfen.

Meine Vorahnung, nicht mehr nach Julienfelde zurück zu gelangen und von meiner Familie getrennt zu werden, verdichtete sich in Träumen und wurde am 22. Januar zu einer unumstößlichen Realität.

Von der Roten Armee wurde niemand mehr durchgelassen. Die allgemeine Schikane, die nun an der Tagesordnung war, erschien mir auf eine andere Weise ebenso, und doch andersartig grausam wie die Bedrohungen, die sich über Belästigungen sexueller Art an mir andeuteten. Zur Schikane gehörte, dass wir in der Nacht geweckt wurden, um Schnee zu schippen, auch dann wenn gar keiner lag. Alle Deutschen mussten sich Hakenkreuze auf die Kleidung heften und nacheinander durch ein Tor laufen. Auf dem Weg durch das Tor wurden sie von den Polen geschlagen.

Die Russen schritten nicht ein. Sie standen nur da und schüttelten den Kopf, als fänden sie keine Antwort auf die Frage: „*Was ist der Mensch?*

Schlimmes, unsagbar Schlimmes war den Polen zuvor widerfahren und der Hass hatte sich, wie das in seiner Natur liegt, vergrößert, ausgeweitet.
Zu jener Zeit erschien er geradezu unüberwindbar zu sein. Er machte aus unmittelbaren Nachbarn erbitterte Feinde und veränderte das Leben zu seinen Bedingungen. Die Diebstähle der Polen setzten uns zu. Was es zu essen gab oder überhaupt alles, das brauchbar war, nahmen sie uns weg. Der brutale Überfall Deutschlands auf Polen im September 1939 hatte tiefe Gräben zwischen die Polen und uns Volksdeutsche geschlagen. Nun, da sich das Ende des Krieges mit der Niederlage Deutschlands abzeichnete, ergoss sich all der Hass, die angesammelte Verzweiflung - auf uns, die Mitbesiegten. Man warf mit Steinen nach uns und man hasste uns mit der Inbrunst einer wütenden, lebendig und unberechenbar gewordenen Waffe.

Deutsche Frauen wurden mit ihren Brüsten, durch die man Nägel schlug, an Scheunen genagelt. Die Männer nagelte man in der Körperhaltung Gekreuzigter an die Scheunen.

Unvorstellbares geschah zu dieser Zeit und Unvorstellbares war vor dieser Zeit geschehen.

Ausgegangen war es von den in Polen eingefallenen Deutschen, jenen Deutschen, die uns nun selbst so fremd erschienen wie von Dienstbarkeit und Tollwut gleichermaßen entstellte, unbekannte Kreaturen.

Sie hatten mit dem, was wir von Deutschland in uns bewahrt hatten, nichts gemein.

Vermutlich hatten sie nicht einmal mehr mit sich selbst etwas gemein.

Wir wurden nun für sie gerichtet.

Einen alten deutschstämmigen Bauern, der noch am Abend zuvor bei uns gewesen war und der uns vorzeitig verlassen hatte, um seine Kühe nicht alleine zu lassen, der also in der Sorge um seine Tiere noch nachts den Heimweg angetreten hatte, fand man am nächsten Tag - tot.

Verscharrt im Graben des winterharten Ackers. Nur seine Hand hatte man aus dem Acker ragen lassen, höhnisch war die Hand des Toten von seinen Mördern zum Hitlergruß geformt worden, der nun aus dem Todesacker herausragte wie ein alles übergreifendes Mahnmal der Unmenschlichkeit, welche sich über die Völker gelegt hatte wie eine Krankheit.

Wenige widerstanden ihr. Doch jene, die es taten, sind mir unauslöschbar im Gedächtnis geblieben.
Wie die Polin mit dem so wunderschönen Blumengarten, die immer freundlich zu uns blieb und die es so aufrichtig und schwer bedauert hatte, dass man die deutschen Kirchen zerstörte. Oder wie die Bauernfamilie, die einer Mutter, welche zuhause zwei Kinder zu ernähren hatte, Milch schenkte.
Ihre Wärme und Anteilnahme stehen stellvertretend für die, welche uns ihre Hände reichten.

Natürlich waren es nicht viele. Und es gab jene, die diese Geschenke der Freundlichkeit zu zerstören trachteten.

Jene, welche eben diese Mutter zu Boden warfen und die Milchkanne vor ihr ausleerten.

Dennoch - die Freundlichkeit blieb. Sie blieb unbeeindruckt vom Hass - für sich.

Der Krieg mit all seinen unbeschreiblichen, abscheulichen, menschenverachtenden Gräueltaten der Nationalsozialisten hatte uns Volksdeutsche in Polen zu gänzlich unerwünschten und geächteten Personen gemacht.

Die Russen wohnten nun im Nachbardorf. Ab und zu kamen sie zur Rast auf den Hof meiner Verwandten.

Wann immer ich einen dieser bewaffneten Russen oder Polen sah, wurde ich von einer Todesangst ergriffen.

Ich selbst hatte mir das unsägliche Symbol des Hakenkreuzes auf meine Kleidung heften müssen und ich war mir niemals sicher, ob nicht der Eine oder der Andere dies als einen Grund erachten könnte, um mich auf der Stelle zu erschießen oder in das nun von Polen wieder in Betrieb gesetzte, Konzentrationslager zu bringen.

Vergewaltigungen durch die Russen waren zu dieser Zeit an der Tagesordnung.

Sie verschonten selbst 70-jährige Frauen nicht.

Eine dieser Frauen, die ich gekannt hatte, ist nach einer Vergewaltigung ins Wasser gegangen. Sie hat sich das Leben genommen - oder es war ihr zuvor schon genommen worden.

Es gibt viele Arten, einem Menschen das Leben zu nehmen.

Ein Mädchen aus der Nachbarschaft, sie war etwa in meinem Alter, wurde im Beisein ihrer Eltern von mehreren Russen in brutalem, blindem Hass vergewaltigt.

Als die Eltern das Mädchen daraufhin versteckten, drohten die Russen sie alle zu erschießen, wenn sie das Mädchen nicht wieder herbeiholen würden. Verängstigt hatten die Eltern ihre Tochter daraufhin aus dem Versteck geholt. Es wurde berichtet, dass sie krank wurde. Einer ihrer Vergewaltiger hatte sie mit einer Geschlechtskrankheit infiziert.

Und einer dieser Russen kam an einem der unseligen Tage, die man lieber niemals erlebt hätte, mit einem Ring in der Hand zu mir, während ich den Garten jätete.

Er machte mir in zudringlicher Eindeutigkeit Avancen und verfolgte mich hartnäckig bis in mein Zimmer.

Mir wurde schlecht vor Angst, mein Herz klopfte so laut, dass es mir schien als müsse man es überall hören.

Ich hatte zu dieser Zeit ein Kopftuch umgebunden und einen alten, langen Rock getragen in dem Stil wie sich die Großmütter zu dieser Zeit zu kleiden pflegten. Dies sollte eine Tarnung sein.

Doch sie hat mir nicht geholfen. Bereits am nächsten Tag drang er in mein Zimmer ein und verfolgte mich bis in mein Bett.

Er verschonte mich noch, doch drohte er mir, dass er alle drei Kinder auf dem Hof meiner Verwandten erschießen würde, wenn ich ihn am Abend nicht bei mir schlafen ließe.

Ein Traum, den ich lange zuvor gehabt hatte, kam mir in den Sinn.

Ich hatte eine Bahnschranke mit einem Bahnhof gesehen, und es war dort immer etwas vollkommen Undefinierbares, etwas äußerst Abstoßendes und Beängstigendes hinter mir her gewesen.

Dieses hatte sich mir nun gezeigt. In meinem Traum hatte ich entkommen können.

Als Vogel hatte ich mich in den Wipfeln der Bäume, die in Birkenbruchs Eingang eine Chaussee bildeten, verstecken können.

Ich dachte nicht weiter nach, sondern flüchtete noch vor dem Abend vom Hof meiner Verwandten.

Die Kinder hat er nicht erschossen, doch er war es, der das Gefühl meiner Schutzlosigkeit in seiner ganzen Heftigkeit als Erster auslöste.

Bei einem alten Ehepaar konnte ich eine Nacht bleiben. Danach begann ein neues Kapitel in meinem Leben.

Mein alter polnischer Lehrer hatte mir, hilfsbereit wie er war, dabei geholfen, einen Arbeitsplatz zu bekommen, der sich in größerem Abstand zum Lagerplatz der Soldaten der Roten Armee befand.

Er meinte, dass es für mich zu gefährlich sei in der Nähe dieses Lagers zu bleiben. Mit meinem wunderbaren, mittlerweile alten, Lehrer verband ich die letzten, schönen Erinnerungen meiner Kindheit.
Ich war immer gern in die Schule gegangen und ich hatte auf das gehört, was uns der Lehrer beigebracht hatte. Auch diesmal hielt ich es so.

(Unsere alte Schule)

Weg von meiner Familie und weg von meinen Verwandten kam ich nach Wiesenau, in der Nähe von Netztal, auf den Hof des Bauern Tadeusz, dem ich in Zwangsarbeit bei der Bestellung seines Hauses und Hofes helfen sollte.

Februar 1945 bis Juni 1945:

Beim Bauern Tadeusz

Von Februar 1945 bis Juni 1945 kam ich in den Haushalt des verwitweten Polen Tadeusz.

Seine Frau war im Konzentrationslager gestorben.

Er selbst war mit der Befreiung der Konzentrationslager durch die Rote Armee freigekommen.

Tadeusz hatte zwei Söhne, die damals 8 und 16 Jahre alt waren.

Eine meiner Aufgaben war es, das Haus in Ordnung zu halten. Der Hof hatte der Familie des Polen ursprünglich gehört.

Zwischenzeitlich waren Deutsche darin gewesen und hatten viele ihrer persönlichen Dinge dort zurückgelassen. Bücher wie „Mein Kampf", Schriften über Mölders, Feuchtwangers Roman: „Jud Süß", verschiedene Romane in deutscher Sprache, deutsche Musik- und Kunstbände sowie zahlreiche Propagandaschriften lagen noch dort in wahllosem Durcheinander umher. Ich warf nichts weg, denn ich fühlte mich nicht im Recht das zu tun.

(Der Hof des Bauern Tadeusz)

Es war ja nicht mein Eigentum. Inhaltlich konnte ich nichts mit diesen Schriften anfangen. Jedoch hatte ich kein gutes Gefühl dabei, sie nun offen im Haus herumliegen zu lassen.

Daher polsterte ich damit die völlig durchgelegenen Matratzen auf.

Als Füllmaterial waren die Bücher immerhin gut geeignet. Doch auf einmal kamen Polizisten auf den Hof. Ich vermute, dass die Söhne oder die Verwandtschaft des Bauern sie geholt hatten.

Sie fanden diese Bücher, darauf war es offenbar auch angelegt worden, und sie schlugen mich mit der vernichtenden Kraft des Hasses und der Vergeltung. Sie trafen meinen Körper und meine Seele gleichermaßen. Ich weiß noch, wie ungerecht ich das fand.

Doch zu dieser Zeit - überhaupt in Zeiten des Krieges und des Nachkrieges - ist selten etwas gerecht. Kriege holen das Schlechteste aus den Menschen heraus und selten das Beste.

Dann versuchte Tadeusz sich mir zu allem Übel auch noch anzunähern, und das, obwohl ich selbst noch jünger als sein ältester Sohn war.
Er legte sich nachts einfach zu mir, neben mich in mein Bett und sagte zu mir, dass er schon lange keine Frau mehr gehabt habe. Das erschien mir wie ein schlimmer, unwirklicher und niederdrückender Angsttraum. Ich wurde allerdings, das war mein Glück, jedes Mal verschont und konnte ihn auf mein so junges Alter aufmerksam machen.

Die Angst jedoch, irgendwann einer Vergewaltigung nicht mehr durch meine Argumente entkommen zu können, blieb. Tadeusz war nicht der Einzige.

Stalin, der uns Frauen zu Menschen ohne Rechte gemacht hatte, trug seinen Einfluss weit ins Land. Auch der Mann der Schwägerin von Tadeusz versuchte es, ebenso der Cousin der Frau, die Tadeusz im Juni zu heiraten beabsichtigte.

Die Zeit auf dem Hof war furchtbar. Mein Glück war immerhin, dass ich - im Gegensatz zu so vielen anderen - ausreichend zu essen hatte.
Auf den Bauernhöfen war die Not in dieser Hinsicht nicht so groß wie sonst beinahe überall.
Die im Juni neu angeheiratete Frau des Polen erwies sich als eine stille, freundliche Frau. Sie sagte nichts Schlechtes über die Deutschen. Auch das war immerhin ein kleines Glück für mich.
Die kleinen Dinge können in solchen Momenten zu großen Dingen anwachsen. Wenn man mit Menschen lebt, deren Blicke einem verraten, wie

sehr sie einen hassen, wie unerträglich die eigene Gegenwart für sie sein musste, dann sind auch kleinste Andeutungen einer ruhigen Sympathie etwas, das einem gerade so viel Mut zu geben vermag, dass man irgendwie weiterleben kann.

Eine der ebenfalls auf dem Hof wohnenden Schwägerinnen des Bauern hatte es sich zur Gewohnheit gemacht gehässig zu mir zu sein.
Die Söhne aus Tadeusz´ erster Ehe taten es ihr gleich.

Auf dem Feld musste ich arbeiten wie ein Mann und niemand kam mir zur Hilfe. Ich begriff schon, dass sie voller Rachegedanken waren, voller Hass auf Deutsche.

Vielleicht wäre ich ebenso gewesen an ihrer Stelle. Doch ich war nicht an ihrer Stelle. Ich war auf der anderen Seite, und ich hatte für etwas zu büßen. Das bekam ich Tag für Tag zu spüren. Wenn man vierzehn Jahre alt ist, versteht man so etwas nicht.

Unter Umständen versteht man es sogar niemals. Möglicherweise ist es nicht zu verstehen.

Vielleicht ist Unmenschlichkeit einfach nicht zu verstehen - egal, durch wen oder was sie ausgelöst wird. Sie steht für all das, was uns Menschen voneinander trennt. Und in jener Zeit gab es so Vieles, das uns voneinander trennte. Im Alltag bekam man es zu spüren. Nicht nur durch die ständige Angst, einfach erschossen oder aber in das Konzentrationslager gebracht zu werden.

Man bemerkte es auch bei kleineren, alltäglicheren Dingen.

Einmal konnte ich nicht aufstehen. Eine verschleppte Lungenentzündung hatte mich so geschwächt, dass ich nach einer neuen Infektion nicht mehr in der Lage war aufzustehen. Diese Begebenheit blieb mir bis heute deutlich im Gedächtnis. Jeder Atemzug schmerzte so, dass mir unwillkürlich die Tränen in die Augen schossen. Eine tiefe Müdigkeit hatte mich dabei halbwegs gnädig eingehüllt.

Die Schwägerin von Tadeusz tat derweil nichts anderes als mich zu beschimpfen.

Jedoch prallte dies nicht an meinem Vorhang der Schwäche ab, sondern drang durch die weiche Verletzbarkeit seines Gewebes mitten in mich hinein. Dies zu ertragen war schwer.
Sie, deren Schwester im Konzentrationslager von Deutschen ermordet wurde, hasste mich nun ihrerseits mit solch mörderischem Inbrunst, dass ich tatsächlich um mein Leben fürchtete.

Es hätte mich nicht gewundert, wenn man mich dort einfach getötet hätte. Geahndet hätte dies ohnehin niemand.

Einmal, in einem Anfall von Tollkühnheit und Verzweiflung, war ich sogar geflohen, wurde jedoch von der Polizei zurückgebracht.

Ein Polizist, der früher bei meinen Verwandten Knecht war, saß auf dem Polizeiwagen. Sein Name war Jannek.

In diesem Moment war er meine Rettung. Es kam zeitgleich nämlich gerade ein russischer Wagen vorbei, und der russische Kommandant wollte wissen, ob ich eine Deutsche sei. Dieser polnische Mann, Jannek, log in beschämender Aufrichtigkeit für mich, indem er behauptete, dass ich seine Schwester sei. In einem alles übergreifenden Sinn: was war ich denn anderes als seine Schwester, und was hätte er denn letztlich wahrhaftiger sein können als eben gerade mein Bruder? Diese Geste, auch sie trug dazu bei, dass ich weitermachen konnte, weiterleben. Manchmal trennen solche Dinge das Leben vom Tod. Es sind diese Begebenheiten, die mich letztlich überleben ließen. In einem inneren und einem äußeren Sinn.

Für kleine Momente hob es diese so als allumfassend empfundene Schutzlosigkeit auf. Viele Suizide hat es in jener Zeit gegeben. Und ich selbst habe erlebt, wie verzweifelt ein Mensch sein kann. So verzweifelt, dass das eigene Weiterleben keine Option mehr zu sein schien.

Nur das Aufbringen äußerster Kraft, gepaart mit einer sich aus Erinnerungen speisenden Zuversicht und eben jenen Symbolen der Zuwendung konnte eine ausreichende Gegenkraft bieten. Eine Gegenkraft, die sich gegen die überwältigende Zerstörung des Lebens, und was mit dem Leben verbunden war, zu richten imstande war.

Nach Janneks beherztem Eingreifen kam ich gänzlich ungeschoren zum Hof des Bauern Tadeusz zurück. Man empfing mich mit eisigem Schweigen. Oftmals wurden Flüchtige ohne großes Aufheben von der Armee erschossen oder aber zumindest schwer geschlagen. Ich wusste, dass auch das mir hätte blühen können. Doch fühlte ich mich bei Tadeusz meines Lebens ebenfalls nicht sicher. Der brodelnde Hass, der besonders von seiner Schwägerin und deren Mann ausging, würde, das war meine Angst, eines Tages überlaufen und sich in voller Härte gegen mich richten.

Tadeusz, der kaum sich selbst unter Kontrolle hatte, würde mich nicht schützen können.

Jannek nun war einer von denen, die mir die Hand gereicht hatten, denen der Krieg die Menschlichkeit nicht hatte austreiben können. Ich wollte weder ihn noch mich in weitere Schwierigkeiten bringen.

Daher kehrte ich traurig, aber zumindest noch am Leben, zum Hof von Tadeusz zurück, den ich verabscheute.

Und dennoch, auch wenn der Hof selbst voller unberechenbarer Fallstricke war, hat dieser Bauer mich vor etwas bewahrt, das die anderen Deutschen im Umkreis durchleben mussten. Alle Deutschen im Umkreis - und auch die, die erst zehn Jahre alt waren.

Nur mich hatte der Bauer davor bewahrt, denn er schickte mich an jenem Tag nicht dorthin, wo die anderen waren. Auch dies trug zu meinem inneren Überleben bei, und ich rechne es ihm noch heute hoch an. Ein Teil von mir begann ihn mit anderen Augen zu sehen.

Er hatte gewusst, was man dort mit den Deutschen vorgehabt hatte.

Sie mussten auf dem Spitzberg, vor der Ortschaft, polnische Tote, vermutlich Priester, ausgraben, die in einem Massengrab vergraben worden waren, nachdem sie zuvor, während des Krieges, von Deutschen getötet worden waren.

Nun sollten ebenfalls Deutsche, so die Logik der Gewinner, die verwesten Überreste ihrer Landsleute ausgraben. Währenddessen wurden sie geschlagen. Eine Frau wurde gezwungen, die Knochen der Leichen zu waschen und dieses Wasser, in dem sie die Knochen geschrubbt hatte, anschließend zu trinken. Selbst zehnjährige Kinder waren an diesem Tag anwesend.

Auch den Toten nahm man die Totenruhe. Für solcherlei Unterscheidungen ist nicht der rechte Ort in den bitteren und gnadenlosen Nachwehen des Krieges. Krieg lebt vielmehr, so ist das heute meine Auffassung, von den Verallgemeinerungen. Von der Weigerung Ausnahmen auch nur wahrzunehmen, zu sehen, geschweige denn sie zuzulassen.

Er lebt von der Entwertung des vermeintlichen oder des realen Gegners.

Der Mensch entmenschlicht sich selbst, indem er sich dazu hinreißen lässt seinen Mitmenschen den Mensch-Status aberkennen zu wollen. Der Versuch allein – mit wie vielen Leben wurde dafür bezahlt!
In bestialischer Weise, doch hiervon habe ich in vollem Ausmaß erst später erfahren, zeigte sich das an dem, was meine deutschen Landsleute ihren eigenen Landsleuten angetan haben. Jene, die in politischer Hinsicht oder in welcher Hinsicht auch immer abwichen.
Ihre eigenen Landsleute, das waren auch die Juden, die Deutschen jüdischer Herkunft, die Deutschen jüdischen Glaubens, welche noch im ersten Weltkrieg Seite an Seite mit den anderen deutschen Soldaten gekämpft hatten.

Niemals werde ich begreifen können, warum man den jüdischen Menschen diese unfassbar schlimmen Verbrechen angetan hat!

Nun, da sie von dieser neuen, grausamen und willkürlich gezogenen Linie abwichen, wurden sie von denen verurteilt, die sich zu den Herren über Leben und Tod aufgeschwungen hatten.

Heimat war dieses Deutschland jenen Menschen gewesen. Sie waren daraus vertrieben worden, man hatte ihre Familien zerstört, sie ermordet und jenes, was uns Menschen als Menschen eint, war zerissen worden.

Für jeden Menschen, der auch nur ein wenig kultiviert ist, besonders auch für jeden Deutschen, hat eben dieses Deutschland nun gerade dadurch ebenfalls auf unbestimmte Zeit den Status einer Heimat verloren.

Die Heimat und die Selbstverständlichkeit sich selbst als ein gutes und ein kultiviertes Volk zu begreifen war abhanden gekommen.

Gerade auch dann wenn man, wie das in Hitler-Deutschland gängig war, andere Länder und ihre Menschen überfiel; ihnen die Heimat zu nehmen versuchte.

Verlust von Heimat - es ist so vieles mehr als wir ermessen können - denn es wirft uns auf unsere nackte Existenz zurück.

Dieser große Hass der Polen - vielleicht war gerade der auch auf etwas zurückzuführen, das ihnen so oft in der Geschichte gefehlt hatte: das Gefühl einer beständigen Heimat.

Wie oft war Polen geteilt worden, einmal sogar ganz geschluckt von den Nachbarn, die es räuberisch unter sich aufteilten. Ich weiß es nicht.

Es sind meine heutigen Gedanken. Als 14-jährige hatte ich keine Erklärung für all das. Doch war ich dem Bauern dankbar dafür, dass er mir dieses Grauen erspart hatte. Und so half ich weiter auf dem Feld. Etwas Anderes wäre mir ohnehin nicht übrig geblieben. Es gab keine Alternative da draußen.

Doch es gab, neben der freundlichen Frau von Tadeusz, noch eine andere Schwägerin. Das war die jüngere Schwester der im Konzentrationslager getöteten Frau.

So sehr mich ihre ältere Schwester auch hasste – sie nahm mich in Schutz. Oftmals wenn ich nun auf dem Feld arbeitete kam sie nun, um mir bei der Arbeit zu helfen.

Die andere Schwägerin, ihre Schwester, kam nur vorbei um mich anzuschreien. Sie schrie ihren Hass auf die Deutschen heraus, schleuderte ihn mir mit einer Wucht entgegen die mich straucheln ließ.
Die jüngere Schwester rief daraufhin aus: „Sie ist ein Kind- was kann sie dafür?".

Auch sie hätte jeden Grund gehabt mich zu hassen. Auch ihre Schwester war im Konzentrationslager ermordet worden.
Doch sie sah mehr in mir als die Angehörige einer beliebigen Volksgruppe.
Sie sah etwas Weiteres in mir. Sie sah in mir einen Menschen, einen Menschen der bar jeder Orientierung zu sein schien – außer der, den die Überreste von Menschlichkeit noch zu gebieten imstande waren.

Sie half mir. Ihre Großherzigkeit und ihr Mut beeindrucken mich noch heute. Und dann half mir sogar auch Tadeusz erneut. Manchmal kommt die Hilfe von einer Seite, von der man sie nicht erwartet hätte.

Ein russischer Offizier hatte mit seinem Gehilfen auf dem Hof von Tadeusz übernachtet. Am nächsten Morgen wollte der Offizier von ihm wissen, wo mein Zimmer sei. Auch Tadeusz log, um mich zu schützen, und sagte, dass ich bei meinen Eltern wohnen würde. Jedoch - der Offizier hatte ihm wohl nicht geglaubt. Beim Frühstück machen, ich wollte gerade ein Streichholz anzünden, kam der Offizier ohne Vorwarnung in den Raum und ertappte mich.

Er musste geahnt haben, dass ich doch auf dem Hof wohnte und nicht bei meinen Eltern. Ich weiß noch, wie meine Hände gezittert haben. Das Streichholz konnte ich nicht entzünden, so sehr wurde mein Körper von der Angst geschüttelt. Da trat der Russe hinter mich, nahm mir die Streichhölzer aus der Hand und entzündete das Feuer für mich.

Dann presste er die Arme um mich. Ich sagte ihm, dass ich nichts verstehen würde und wehrte mich so gut ich konnte. Mir war schlecht vor Angst.

Er begann damit mich am Arm auf das Zimmer zu ziehen. In diesem Augenblick kam der Bauer hinzu, und der Offizier ließ von mir ab.

So war Tadeusz, obgleich ich mich immer so massiv von ihm bedroht gefühlt hatte durch die widerwärtige Art und Weise, wie er mich oft angesehen hatte, wie er sich in mein Bett gelegt hatte, letztlich ein weiteres Mal zur Rettung meiner Integrität geschritten und war ein Teil des Mosaiks geworden aus dem sich mein inneres Überleben zusammensetzte.

Es war oft furchtbar gewesen Tadeusz und seiner Familie ausgeliefert zu sein. Darauf hoffen zu müssen, dass nicht er, oder jemand anderes aus seiner Familie die Kontrolle über ihr Tun verlieren würde.

Einen Tanz auf dem Vulkan kann man es nicht nennen, denn es war kein Tanz.

Es war ein elendes Hoffen und Zittern tagaus und tagein, begleitet von den hasserfüllten Blicken der Schwägerin und den Schikanen seiner Söhne.

Und doch gab es nichts da draußen, das besser hätte sein können. Dort gab es auch nichts als Vergewaltigung und Tod. Hier zumindest waren beide noch nicht eingetreten. Doch auch hier, ich spürte es jeden Tag: Es war nur noch zu eine Frage der Zeit. In Situationen wie diesen handeln Menschen unberechenbar. Und dies war mir zu jedem Zeitpunkt bewusst.

Oft kamen mir ähnliche Gedanken in den Kopf wie beim Anblick des ersten Panzers, der Birkenbruch erreichte. Der Augenblick, in dem ich mit meinem Leben abgeschlossen hatte. Und nun dachte ich darüber nach, dass ich niemals eine Familie haben würde, keinen Mann, der mich lieben würde, keine Kinder, denen ich etwas von der Liebe hätte mitgeben können, die mir durch meine eigenen Eltern zuteil geworden war.

Und auch diese, meine Eltern, meine Geschwister würde ich nicht wiedersehen. Das waren die Augenblicke, in denen ich meinem so gewissen Tod an der Starkstromleitung vorgreifen wollte.

Wozu das Leid noch ertragen, wenn es doch ohnehin alles auf dieses Ende hinauszulaufen schien?

Doch dann wieder meldete sich meine innere Stimme des Lebens – des Überlebens.

Ich wollte nicht mit dem Wissen um die Übermacht des Destruktiven aus dieser Welt scheiden.

Wenn, so würde ich lieber beruhigt, und im Wissen um das Gute im Menschen aus der Welt scheiden.

Als jedoch Zerstörung der Menschen Los geworden war, musste ich am Leben bleiben, um auf ein anderes zu hoffen. Dieses: „So nicht!" – leider hatten zu viele diese Wahl nicht. Jene, die man ermordet hat. Man nahm ihnen nicht nur die Zukunft, sondern auch die unmittelbare Gegenwart mit der Möglichkeit anders von dieser Welt zu gehen als im Bewusstsein des größtmöglichen Grauens. Ich hatte überlebt – bisher.

Das Grauen hatte sich mir gezeigt, doch noch hatte seine Hand mich nicht ergreifen können. Es war da. Es war sichtbar, fühlbar, hörbar.

Es ließ meinen Mut zaghaft und meine Knie weich werden. Es ließ mein Herz bis zum Wahnsinn klopfen und schnürte mir den Atem ab. Doch noch gab es einen winzig kleinen Abstand zwischen dem Grauen und mir.

Juni 1945: Ein Weg hinaus

Ein russischer Adjutant, der mich bei der Feldarbeit beobachtet hatte, ich war wohl in seinem Gedächtnis geblieben, nachdem ich ihn auf dem Feld einmal nach der Arbeitsgruppe der Deutschen gefragt hatte, kam kurz darauf ein paar Tage hintereinander auf den Hof des Bauern Tadeusz.

Es war im Grunde immer wieder russisches Militär anwesend.

So machte sich zunächst niemand Gedanken, obwohl es immer beunruhigend war, wenn die Soldaten dort schwer bewaffnet umherliefen.
Doch dann wurde Tadeusz plötzlich unterstellt, eine Affäre mit mir zu haben.
Er wurde lange in der Kommandantur verhört. Auch ich wurde verhört, doch ich sagte wahrheitsgemäß, dass das nicht der Fall sei.
Sie gaben jedoch nicht nach. Ich sollte sogar ärztlich dahingehend untersucht werden, ob ich noch Jungfrau sei.

Es kann sein, dass sie dem Bauern etwas anlasten wollten, um ihm das Leben schwer zu machen. Russen und Polen gingen auch untereinander nicht zimperlich miteinander um.

Oder aber jemand anderes hatte eine Anzeige erstattet, um entweder ihm oder mir das Leben noch schwerer zu machen.

Ich war mir damals allerdings beinahe sicher gewesen, dass es gar nicht mehr möglich gewesen wäre, mir das Leben noch unerträglicher zu machen. Die ständige Angst vor Tadeusz, die Befürchtung, dass er sich irgendwann doch mit Gewalt holen würde, worauf er es abgesehen hatte - immerhin war es schon häufig haarscharf davor gewesen; diese Angst hatte mich zermürbt.

Ebenso wie dir Furcht vor möglichen Attacken auf mein Leben durch die Schwägerin des Tadeusz. Überhaupt - die Angst vor dem grausamen Leben da draußen und überall, sowie die Sehnsucht nach meiner Familie forderten ihren Tribut.

Gebetet hatte ich oft und auch die Kirchenlieder meiner Kindheit gesungen, um mich selbst zu stärken.

Nun kam ich, da ich am Leben geblieben war, auf andere Weise als durch den Tod von Tadeusz weg und ich wusste nicht, ob mich dieser Weg einer noch weitaus schlimmeren Zukunft entgegenbringen würde.

Während ich noch mit Arbeiten auf dem Hof bei Tadeusz beschäftigt war, saßen zwei russische Soldaten mit ihren Gewehren in der Küche des Bauern und warteten auf mich.

War ich am Leben geblieben nur um jetzt in einem der Konzentrationslager zugrunde zu gehen? Was war der Menschen Los? Erkennen können wir es nicht – erspüren erst am Ende.

Doch stellte ich bald darauf fest, dass es nicht geplant war mich in einem Konzentrationslager zu internieren. Man hatte lediglich einen Grund gesucht um mich zu versetzen.

Sozusagen über Nacht wurde ich also versetzt; zur Arbeit in der Küche in der Kommandantur der Stadt Netztal.

Als ich die Bahnschranke und den Bahnhof von Netztal vor mir sah, erstarrte ich vor Schreck.
Es waren genau diese Bahnschranke und dieser Bahnhof, den ich lange zuvor in meinem Traum gesehen hatte. In diesem Traum wurde ich ständig von etwas Widerlichem verfolgt, das ich nicht kannte.
Ich war sehr beunruhigt.
Sollte dies ein schlechtes Vorzeichen dafür sein, was mich hier erwarten würde? Zunächst wies nichts darauf hin. Im Gegenteil. In der Kommandantur saßen alle beim Essen im Esszimmer und begrüßten mich freundlich. Ich sollte mit ihnen zusammen essen. Es war das erste Mal seit langer Zeit, dass jemand freundlich zu mir gewesen war.

Doch diese Freundlichkeit wollte bezahlt werden. Wie alles zu dieser Zeit. Das sollte ich sehr bald erfahren.

Juni 1945 bis November 1945:

In der Kommandantur in Netztal

Es war der Abend meines ersten Tages in der Kommandantur. Ich war soeben in mein Zimmer gegangen und im Begriff mich auszuziehen, als plötzlich die Tür aufging und der Adjutant im Raum stand. Er war sehr groß und kräftig, auf eine einschüchternde Art, und er redete russisch auf mich ein. Ich antwortete mit den wenigen Sätzen, die ich auf Russisch sprechen konnte: „Ich verstehe nichts - Не разумею", sagte ich immer wieder.

Da packte er mich unvermittelt am Arm und zerrte mich die Treppe hinunter in die Küche.

Dort drückte er mir ein Tablett, auf dem Milch und Zucker standen, in die Hand und brachte mich zum Zimmer des Majors. Mein erster Gedanke war, dass es zu meinen Aufgaben gehören würde dem Major Getränke zu bringen, und dass der Adjutant mir das auf diese Art hatte sagen wollen.

Der Adjutant sagte noch etwas zu dem Major, das ich nicht verstand und verabschiedete sich.

Mit einem Mal stand ich allein mit dem Major in dessen Zimmer. Noch wusste ich nicht, was mich erwarten würde. Doch in dem Augenblick, in dem er die Tür von innen verriegelte, schoss eine furchtbare Angst in mir hoch.

Ich würde nicht fliehen können. Die Tür war abgeschlossen und auch aus dem Fenster würde ich nicht entkommen können.
Ohne zu zögern wäre ich aus diesem Fenster gesprungen doch es war verbarrikadiert und mit dicken, braunen Fensterläden abgesichert.

Nun war es mir bisher immer gelungen gewesen zu entfliehen, so wie dem Vogel aus meinem Traum, der in den Wipfeln von Birkenbruch in die Freiheit fliegen konnte. Doch diesmal, das spürte ich, war ich gefangen.
Die Bettdecke auf seinem Bett war bereits zurückgeschlagen.
Ohne nachzudenken lief ich in grauenhafter Panik um den Tisch herum, immer wieder.

Ich war schneller als er und verzweifelt. Wie bei einem Tier im Todeskampf wurden Kräfte in mir wach die ich vorher nicht gekannt hatte. Ich wich ihm aus so oft und solange ich konnte und es dauerte eine ganze Weile, bis er mich zu fassen bekam.

Und das, was ich am meisten gefürchtet hatte in jener Zeit, es war da - ich konnte dem widerwärtigen Verlangen dieses Mannes nicht entkommen.

Mein Geist entkam jedoch - ich schwebte gewisser-maßen über mir. Mein Körper und mein Geist trennten sich, um überleben zu können. Doch ich wusste, dass das riskant war. Ich wusste, dass ich alles dabei verlieren konnte. Derweil erstarrte mein Körper und verblieb in der Form einer Getöteten.
Das, was von meiner Kindheit geblieben war, war nun nicht mehr lebendig. Ein steinernes Abbild, nicht mehr. Am nächsten Tag gab es nur noch ein einziges Gefühl in mir: das Gefühl einer bodenlosen und nahezu unerträglichen Scham und eines dumpfen, alles überlagernden Schmerzes.

Ein halbes Jahr lang ging das so. Ein Teil meiner Seele hat mich in dieser Zeit für immer verlassen.

Es war so, als wäre etwas in mir gestorben, zu Stein geworden und dennoch lebte ich weiter.

In jeder einzelnen dieser Nächte fühlte ich mich zunehmend entwertet, zunehmend der Gefahr einer Schwangerschaft ausgesetzt, zunehmend jeglicher Chance beraubt, jemals einen Ehemann finden zu können der mich noch wollte – wer wollte schon eine solch beschädigte Frau?

Meine Gegenwart und meine Zukunft schienen sich gleichermaßen aufzulösen.

Wenn andere Männer in die Kommandantur kamen, wurde ich systematisch von ihnen isoliert.

Der Major wachte geradezu eifersüchtig über mich. Er wurde zum Gefängniswärter. Ich erinnere mich an einen jüdischen Veterinär, den ich sehr freundlich fand. Er sprach ein perfektes Deutsch. Ich konnte nur kurz mit ihm sprechen, dann wurde auch er isoliert. Ebenso erging es allen anderen.

Selbst einem alten Mann, dem ich ab und zu etwas zu essen brachte und mit dem ich mich gerne unterhalten hatte.

Dieser alte Mann, so wenig eine Gefahr von ihm selbst ausging, so sehr musste der Major doch gespürt haben, dass er auf indirekte Weise eine Gefahr hätte darstellen können. Und so war es auch. Der alte Mann wollte mich mit seinem Sohn verheiraten. Er hatte sich schon Fluchtpläne für mich überlegt.

Als hätte das der Major gewittert, durfte ich den alten Mann nie wieder besuchen.

Jeder Kontakt wurde unterbunden. Oft war ich darüber traurig denn ich unterhielt mich so gern auf Deutsch. Doch in einem Fall war ich froh, dass der Major mit seinen Argusaugen über allem wachte.

Ein Stabsarzt, ein jüngerer Russe, wurde zudringlich. Als der Major dies sah, wurde er unverzüglich weggeschickt. Bei ihm war es gut, dass der Major ihn weghaben wollte.

Auch wenn es letztlich nichts gebracht hat.

Dem russischen Arzt gelang es dennoch an einem unglücklichen Nachmittag im Spätsommer unter der Vorspiegelung, dass ich Medikamente für den Major holen müsste, mich zu vergewaltigen.

Dafür verachtete ich ihn zutiefst.

Ich habe dem Major jedoch dennoch nichts davon erzählt denn ich war mir sicher gewesen, dass er ihn auf der Stelle hätte erschießen lassen.

Vielleicht hätte ich ihn nicht in Schutz nehmen sollen; doch ich wollte nicht noch mehr Leid, nicht noch einen Toten mehr in dieser unglückseligen Zeit.

Auge um Auge, Zahn um Zahn, Leben um Leben – es konnte doch nicht tatsächlich immer so weitergehen. Wer würde dem ein Ende setzen können und der Versuchung nach Rache widerstehen? Ich erinnere mich an einen heftigen Streit zwischen dem Chauffeur und dem Adjutanten in dessen Verlauf der Chauffeur eine Waffe zog und auf den Adjutanten richtete.

Ich rannte auf den Chauffeur zu und beschwor ihn, die Waffe nicht zu benutzen.

Ich weiß nicht, warum ich das getan habe. Ich glaube, dass ich einfach nur noch einen weiteren Tod mehr nicht hätte ertragen können.

Der Chauffeur schoss in die Luft und der Adjutant kam mit dem Leben davon.

Im Nachhinein bekam ich großen Ärger mit dem Major, der mir verbot, mich jemals wieder in eine solche Streitigkeit einzumischen. So aufgebracht habe ich ihn nie wieder gesehen.

Doch ich hätte gar nicht anders handeln können. Ich hätte keinen weiteren dieser starren, bleichen, blutverschmierten Toten mehr verkraften können, das spürte ich in mir. So viele hatte ich davon gesehen – zu viele.

Mich einzumischen, es war nichts anderes gewesen als ein weiterer Mosaikstein, der mich selbst am Leben erhielt.

Wie ich mich damals fühlte, spiegelt die Begegnung mit dem „stummen Soldaten" wieder.

Eines Tages brachte die polnische Polizei einen Gefangenen zu uns in die Kommandantur.

Er trug noch immer eine deutsche Uniform.

Vielleicht hatte er sie gefunden und angezogen, weil er nichts Anderes mehr besaß.

Man hatte ihn im Wald aufgegriffen. Er redete kein einziges Wort mit uns. Wir sprachen ihn in drei unterschiedlichen Sprachen an, doch er reagierte auf keine davon.

Es schien so, als sei er der menschlichen Sprache, den Menschen selbst überdrüssig geworden - und das war etwas, das wir alle verstanden zu jener Zeit.

Wir wussten nicht, ob er ein Russe war, ein Pole oder ein Deutscher.

Er war einfach ein Mensch, dem Dinge widerfahren sein mussten, die ihn nun daran hinderten auch nur noch ein einziges Wort zu sprechen.

Von allen, auch von den Russen, wurde er, so als wäre er ein Spiegel unserer selbst, mit größter Rücksicht und Freundlichkeit behandelt. Sein Schweigen hatte begonnen uns zu verbinden.

Das, was der Krieg getrennt hatte, wurde durch sein Schweigen vereint. Sein Schweigen erzählte uns von all dem, was weh tat.

Er warf uns auf die Wurzeln unseres Menschseins zurück. Auf die Wurzeln und auf die Kronen. So kam es mir vor. Auf die Baumkronen ebenfalls.

Ich musste an die Bäume Birkenbruchs denken. Der stumme Soldat wurde zu einem Vogel, dem es gelungen war zu entkommen. So saß er nun in der Baumkrone, doch musste er bemerken, dass er nicht mehr singen konnte. Ein stummer Vogel, erstarrt vor Schreck über den Menschen.

Der stumme Soldat fehlte mir sehr, als er nach einiger Zeit wieder von Netztal weggebracht wurde.

Die polnische Köchin Soscha hingegen brachte mir durch ihre Erinnerung etwas von meiner Familie zurück - hierher in die Kommandantur. Dem beständigen Gefühl von Leere und von dem Eindruck, dass etwas fehlte hatte Soscha etwas entgegenzusetzen. Es hatte sich herausgestellt, dass sie bei der Post gearbeitet hatte.

Dort waren sie und mein Bruder Helmut Kollegen gewesen.

Helmut, der einige Bienenstöcke besaß, hatte allen Kollegen regelmäßig Honig geschenkt.

Er war bei ihnen sehr beliebt. Wenn Soscha nun von ihm sprach, brachte sie mir etwas unvergleichbar Schönes zurück - ein kleines Stück Heimat.

(Die Köchin Soscha)

Soscha blieb jedoch nicht lange. Für sie kam eine neue Köchin, die direkt aus dem Konzentrationslager zu uns gebracht wurde.

Meine einzige wirkliche Freundin wurde diese neue Köchin, Elise. Auch sie war, in dem von Polen wieder in Betrieb genommenen KZ Nakel, vergewaltigt worden, und sie war schwanger. Eine Weile war sie in einem Lager gewesen; nun war sie auch in Netztal gelandet.

Der Adjutant hatte sie aus dem KZ herausholen lassen. Sie war hübsch, hatte ein liebevolles, gütiges, freundliches, ruhiges und gewinnendes Wesen.

Er wollte sie wohl in seiner Nähe haben. Elise waren meine nächtlichen Leiden beim Major nicht verborgen geblieben.
Doch sie hatte mir bald darauf gesagt, dass ich froh sein sollte, da es in der Kommandantur ja nur ein Mann sei.

Draußen, meinte sie, da sei man gar nicht sicher, da seien viele Männer, und das wäre furchtbar. Elise war mit einem Deutschen verheiratet.

Ihr Mann wollte sich, nun da sie durch die Vergewaltigung schwanger war, von ihr scheiden lassen.
Wer konnte die Männer bloß verstehen? Er sah es wohl als doppelte Schande an, da er selbst keine Kinder zeugen konnte.

Doch hätte er nicht jetzt gerade zu seiner Frau stehen müssen?
Sollte das Liebe sein? Warum unterstütze er diese wunderbare Frau, die so viel hatte durchmachen müssen, nicht?

Ich konnte die Männer nicht verstehen.

Es war auch, was mich betraf, so merkwürdig und unverständlich, was da mit dem Major vor sich ging: auf der einen Seite war er so nett zu mir, wollte mir helfen, wollte mich offenbar beschützen.

(Meine Freundin Elise 1945)

Er sagte, dass er mich liebte, und ließ sogar den Bauern Tadeusz wegen eines zurückliegenden Diebstahls meines warmen Federbetts, das mir von Verwandten zugeschickt worden war, verhören.

Hierzu war Tadeusz eigens zum Verhör in die Kommandantur vorgeladen worden.

Ich erinnere mich gut an sein finsteres Gesicht und an die bösen Blicke, die er mir zuwarf. Man hatte den Bauern mehrfach befragt.

Dieser hatte vehement geleugnet es genommen zu haben, und er hatte noch im Hinausgehen drohend zu mir gesagt, dass die Russen nicht immer da sein würden, um auf mich aufzupassen. Und dieser Major wollte mich auf seine Art gerade auch vor Tadeusz schützen. Es war, wie ich später erfahren habe, kein Zufall gewesen, dass man mich von diesem Bauern, von diesem Hof weggeholt hatte.

Der Major persönlich hatte sich mich sozusagen ausgesucht, nachdem er mich so hart und so verloren auf dem Feld arbeiten gesehen hatte. Oftmals denke ich, dass er gar so etwas wie ein verhinderter Romantiker gewesen sein muss.
Einmal bot er mir ernsthaft an, meine Familie für mich zu suchen. Er erzählte mir auch von seiner Familie und zeigte mir Bilder seiner bereits als Kind verstorbenen Tochter.

Dieser Major, Vassily Gregory war sein Name, war ein liebenswürdiger, gebildeter, höflicher und humorvoller Mensch.

Niemals verlor er ein böses Wort über Deutschland oder die Deutschen. Auch dies ist ein Teil der Wahrheit über ihn. Gut aussehend war er ebenfalls.
Er war groß und dunkelblond. Bei seinen Soldaten war er, durch seine gebildete und freundliche Art, sehr beliebt. Er sah über Streitigkeiten hinweg und war großzügig. An einen Streit zwischen dem Chauffeur und dem Adjutanten erinnere ich mich. Beide hatten etwas getan, das den Unwillen jedes anderen Vorgesetzten auf sich gezogen hätte.
Doch der Major sah es ihnen nach. Das war unüblich und zeichnete ihn als einen besonderen Menschen aus.
Auf der Straße sahen ihm viele Frauen hinterher.
Er hätte ohne Probleme eine Freundin oder Geliebte für sich gewinnen können. Er hätte es, davon bin ich überzeugt, nicht nötig gehabt, eine Vierzehnjährige zu bedrängen und zu vergewaltigen.

Aber ich weiß nicht, ob er das so sah. Er schien in mir etwas Anderes zu sehen. Vielleicht so etwas wie eine Ehefrau oder doch zumindest eine Frau.

Ich weiß bis heute nicht, warum er sich weigerte anzuerkennen, dass ich keine Frau war – und schon gar nicht seine Frau.

Und so beging er in den Nächten diese widerlichen Verbrechen an mir, die Verbrechen blieben - auch wenn er an den Tagen noch so höflich, noch so gewinnend sein mochte.

Dass er sich an einer Wehrlosen vergriff, war und blieb sein persönliches Armutszeugnis.

Ich glaube, dass er sich gewünscht hätte ich würde ihn mögen. Doch das konnte ich nicht. Dazu wenigstens konnte er mich nicht zwingen.

Eines Tages hieß es dann, dass die Kommandantur verlegt werden sollte. Das hätte bedeutet, dass man mich nach Russland geschickt hätte. Damit wäre meine Chance jemals nach Deutschland zu gelangen, um meine Familie zu suchen, vertan gewesen.

Ich sah mich bereits in Sibirien, in einem Gefangenenlager. Würde es also so mit mir enden? Hiervor wollte er mich wohl letztlich doch bewahren, und so gab er mir, nach einigem Hin und Her, die Erlaubnis zur Flucht.

Das war, rückblickend betrachtet, sein eigentlicher Liebesbeweis und ein großer Beitrag zu meinem ganz persönlichen Überlebens-Mosaik, gewesen. Und das, weil er in diesem einen Moment an mich gedacht hatte – und nicht an sich.

Elise und ich sollten mit einem Lastwagen über die Grenze geschmuggelt werden.

Ein Lastwagen, der die Kommandantur beliefert hatte, sollte uns von hier fortbringen; schnell war alles vorbereitet.

Als ich ging, dachte ich nicht daran mich zu verabschieden.

Die Idee kam mir gar nicht, auch hatte ich keineswegs das Bedürfnis ihn zu sehen.

Mein einziger Gedanke war schnell fortzukommen, um meine Familie suchen zu können.

Ich saß schon im Wagen, als Elise, die mit mir fliehen sollte, mich fragte, ob ich nicht etwas vergessen hätte. Da gingen wir zurück, und ich verabschiedete mich von dem Major. Ich fühlte nichts außer der Scham und dem dumpfen Schmerz, der mich seit unserer ersten Begegnung begleitet hatte. Doch er weinte zum Abschied und sagte mir wieder und wieder, dass er mich liebte. Er schenkte mir zwei Fotos von sich und umarmte mich.

Seine Tränen verwirrten mich. Sie passten so gar nicht zu einem tapferen, russischen Major.

Und wegen mir weinte er? Mich liebte er angeblich?

Erneut vermochte ich es nicht einzuordnen: diese beschützende, geradezu sentimentale Art auf der einen Seite, und dann die Tatsache, dass er regelmäßig in den Nächten diesen Menschen, also mich, aufs Schlimmste benutzte und damit für immer verletzte. Ich sage bewusst: „Für immer", denn es hatte alles für mich irreversibel verändert. Ich hatte meine Gedanken, meine Seele von meinem Körper in diesen Nächten abtrennen müssen.

Eine solche Spaltung war lebensgefährlich, denn wäre ich vielleicht bald gar nicht mehr in meinem Körper zuhause. Und dann wäre ich wohl selbst auch bald nicht mehr da. Wäre tot, nicht mehr da. Wäre nur noch ein steinernes Abbild meiner selbst. Wo es kein Haus gibt, keine Familie und keinen sonstigen Schutz war mein Körper alles, was vor dem Wahnsinn dort draußen schützen konnte.

Und doch war mir nichts anderes übrig geblieben. Die Heimat meines Körpers hatte ich damit auch verloren.

Ich sah noch zu dem Fenster hin, hinter dem sich all dies abgespielt hatte. Dann versteckten wir, die Köchin Elise und ich, uns unter der Plane des Lastwagens und fuhren mit den Männern los.

Wir hatten keine Papiere dabei, und die Männer hatten uns ursprünglich nicht mitnehmen wollen. Alles war sehr chaotisch, und schließlich nur durch Glück und durch die Überredungskünste anderer vonstatten gegangen. Doch in mir war nun die Hoffnung, dass es von nun an besser werden würde.

November bis Dezember 1945: In Stettin

Bis Stettin fuhren wir mit den Männern mit. In Stettin mussten wir dann jedoch aussteigen. Es hieß, dass in Stettin viele Polen seien, und dass das gefährlich sei, gerade auch wegen der fehlenden Papiere. Draußen war es entsetzlich kalt.

Einer der russischen Fahrer ließ plötzlich seine Handschuhe fallen, und sie landeten auf meinen Oberschenkeln. Ich dachte, dass er sie verloren hätte, doch er wollte sie mir schenken. Das war eine schöne und auch wichtige Geste !

Aus heutiger Sicht ist ihre Tragweite kaum zu begreifen. Doch es waren, in der Tat, diese Gesten, die einen moralisch soweit wieder herstellen konnten, dass man weitermachen konnte. Man fühlte sich wieder als Mensch.

Schließlich stiegen wir vom Lastwagen herunter; die Männer fuhren weiter. In dieser Nacht ließen uns Polen bei sich übernachten und halfen uns.

Am nächsten Tag versuchten wir uns örtlich so einigermaßen zu orientieren.

Wir sahen, nach längerem Umherirren, ein Haus, und wir sahen Menschen, die hektisch umherliefen. Elise sagte zu mir, dass sie schauen wolle, wo der Bahnhof sei. Schließlich fanden wir ihn.

Die Leute, Flüchtlinge die auf dem Bahnhof standen, wurden dort als Arbeitskräfte gesucht.

Auch wir wurden zur Arbeit herangezogen. Wir halfen beide in der Scheune mit und kochten für alle. Insgesamt waren wir fünf.

Für etwa zehn Tage waren wir gemeinsam dort. Dann schickten sie Elise fort, da sie hochschwanger war. Der Abschied von ihr war furchtbar. Mit ihr ging meine einzige Freundin und Vertraute. Eine kalte Leere blieb in mir zurück.

Ich musste noch eine Weile dort bleiben. Es mögen so etwa zwei Wochen gewesen sein.

Die letzten Tage war ich dann ganz alleine dort. Einmal versuchte ich auszureißen, doch ich kam nicht fort. Es war dunkel und ich hatte keine Orientierung mehr. Resigniert ging ich zurück.

Allein der Versuch war ein Wahnsinn gewesen. Doch zu meiner Verteidigung möchte ich hervorbringen, dass es zu dieser Zeit ohnehin beinahe unmöglich war, auch nur einen klaren Gedanken fassen zu können.

Der Wunsch meine Familie zu suchen war übermächtig geworden, doch ich sah keine Chance, dass man mich gehen lassen würde.

Dann kamen neue Flüchtlinge und die alten sollten gehen, oder sie wurden von Russen abgelöst. Dieser Austausch war üblich, und auch ich hatte zunächst damit gerechnet.

Doch man wollte mich behalten. Ich war wohl eine gute Arbeitskraft.

Jeder einzelne Tag kam mir vor wie eine weitere Woche, so sehr wünschte ich mir endlich weiterfahren zu können, um nach meiner Familie zu suchen. Einer dort half mir schließlich und nahm mich offen in Schutz. Es war ein Russe, der mit Marketenderware zu uns kam.

Er sagte mit dem Brustton der Überzeugung, dass sie mich endlich zu meinen Eltern lassen sollten und seine Argumente vermochten sie umzustimmen.

Nun konnte ich, dank dieses Mannes, offiziell zum Zug gehen. Das war zu dieser Zeit mit großen Risiken verbunden. Man konnte nirgendwo sicher sein, und es gab in der Nähe des Zuges kaum einen schützenden Ort.

Viel hatte man von Diebstählen, Morden und Vergewaltigungen berichtet.

Es war wie der Vorort einer der vielen Höllen jener Zeit, die man durchqueren musste, um der großen Hölle, der Heimatlosigkeit, zu entkommen und an die Zuglinie zu gelangen. Erneut hatte ich Glück im Unglück. Eine deutsche Gastwirtin nahm mich bei sich auf.

Sie half mir mein Hab und Gut von einem Koffer in einen Sack umzupacken. Den Koffer, so hatte sie mir gesagt, würde man mir sofort stehlen. Ich hörte auf sie, denn ich spürte, dass ich ihr vertrauen konnte.

So verbrachte ich meine letzte Nacht in Stettin bei ihr, in ihrer alten, völlig verfallenen Gaststube, die trotzdem in der Lage war Schutz zu bieten.

In den frühen Morgenstunden machte ich mich dann auf den Weg zu meiner letzten Etappe - hin zum Zug, der um acht Uhr morgens hier sein sollte, und der von hier bis nach Deutschland weiter fahren sollte.

Ende November 1945: Flucht mit dem Zug

Der Zug und seine Insassen waren in einem erbärmlichen Zustand.

Zu dieser Zeit waren alle Züge von den Russen geplündert worden: Hosen, Uhren, alles, was brauchbar war, hatten sie mitgenommen. Was sie nicht gebrauchen konnten, hatten sie kaputt geschnitten.

Auch dieser Zug bildete keine Ausnahme. Der Zug war überfüllt mit ausgehungerten, kranken und ausgeraubten Menschen. Sie waren im Zug zusammengepfercht, sie standen auf den Trittbrettern und saßen auf dem Dach. Jeder Fleck dieses Zuges war bedeckt mit Menschen, die, wie ich, auf der Flucht waren und die auf eine neue Heimat in Deutschland hofften. Ich konnte nur draußen auf dem Trittbrett einen Platz ergattern. Neben mir stand der Sack mit dem Rest meiner Habseligkeiten. Der Gastwirtin war ich noch im Nachhinein dankbar, denn einen Koffer hätte ich auf diesem schmalen Trittbrett nicht unterbringen können.

Der Wind blies mir kalt entgegen, doch ich wusste, dass der Zug nach Deutschland fahren würde. Allein dieser Gedanke gab mir die Kraft durchzuhalten und immer weiter auf dem kalten Treppenabsatz dieses Zuges auszuharren.

Ich weiß nicht, wie lang wir fuhren. Jedes Zeitgefühl ist mir an jenem Tag abhanden gekommen. Doch ich weiß noch, dass es eisig kalt war. In Schneidemühl wurden wir dann von Polen und Russen kontrolliert. Viele hatten keine Papiere dabei, auch ich nicht.
Trotzdem ließ man uns durch. Wie genau kann ich nicht mehr sagen. Ich war zu erschöpft. Irgendwann wurden wir in einer Schule einquartiert, dann ging es mit dem Zug weiter. In diesem Zug, daran erinnere ich mich noch am meisten, saßen wir auf Stroh.
Es war äußerst schmutzig; überall waren noch Reste von Kohle, die zuvor in diesem Zug transportiert worden war. Doch das war mir egal. Ich wusste: Wir würden bald in Deutschland sein, und ich einen großen Schritt näher an der Möglichkeit, endlich nach meiner Familie suchen zu können.

Ich war mir sicher, dass ich, wenn ich erst in Deutschland sein würde, etwas über ihren Verbleib würde herausfinden können.

Die Wege führten uns damals alle nach Deutschland - sofern wir überlebten.

Auf dem Weg nach Deutschland dachte ich beinahe ununterbrochen an meine Eltern.

An die dicken Wollsocken, die meine Mutter uns Kindern gestrickt hatte und an die Schuhe, die mein Vater uns allen damals aus Holz geschnitzt hatte. Ich wollte die beiden so unendlich gerne wieder sehen.

Es tat gut, an meine Eltern und an meine Geschwister zu denken, an unser Leben in Birkenbruch und Julienfelde, an die Vögel und die dichtbewachsenen Felder im Sommer.

Und so hielt mich diese Hoffnung auf ein Wiedersehen aufrecht, bis wir im Dezember 1945 das Lager in Deutschland erreichten.

Dezember 1945: In Deutschland -

Baracke, Lager Ribnitz

Für ein paar Wochen sollte die Baracke mein neues Zuhause werden. Es war kalt in diesen Baracken, eine Heizung gab es nicht. Die Wasserleitungen waren zugefroren. Meine Ferse und meine Zehen wiesen Erfrierungsspuren auf.

Medikamente waren nicht vorhanden. Es gab so gut wie nichts.

Das wenige Essen, das wir bekamen, war noch gefroren. Weder Tassen noch Teller gab es, und kein Besteck um etwas zu essen.

So durchsuchten wir die Abfälle von Flugzeugen um Tassen oder Ähnliches zu finden. Aus einer Kante, die aus Weißblech bestand, machte ich mir mein Essgeschirr. Wir sind auch im Dorf betteln gegangen. Meistens haben wir nichts bekommen. Doch ich erinnere mich an Ausnahmen, die uns sehr halfen und aufrichteten. Mit Worten, mit freundlichen Blicken, manchmal mit etwas Brot oder Milch.

Und ich erinnere mich an das Weihnachtsfest, das wir im Lager in der Baracke in Ribnitz in diesem Dezember des Jahres 1945 begingen.

Wie sehr unterschied es sich doch von dem Weihnachtsfest, das ich nur ein Jahr zuvor noch mit meiner Familie in Julienfelde feiern durfte !

Es war erst ein Jahr seither vergangen, doch dieses Jahr erschien mir länger gewesen zu sein als mein gesamtes, vorheriges Leben.

Ein Fest - konnte man es so nennen? Wir waren alle zu krank, zu müde, zu erschöpft um zu feiern.

Und doch gab es inmitten all diesen Elends ein kleines Stück Weihnachtsglanz für uns: Jemand hatte einen kleinen Tannenbaum in die Baracke gebracht.

Wir hatten ihn mit Papierschnipseln geschmückt.

Schließlich saßen wir alle davor und ich weiß noch, dass es mir in all meiner Müdigkeit und Elendigkeit so vorkam, als hätte ich nie einen schöneren Christbaum gesehen.

Januar bis Juni 1946: Familie

Bei einer unserer Runden durch das Dorf, bei denen wir um etwas zu essen bettelten, gab mir an einem eisigen Januarmorgen eine warmherzig aussehende, polnische Frau ein Stück Brot und sagte mir, dass sie ein Mädchen zur Hilfe brauchte. Ich konnte dort bei ihr und ihrer Familie bleiben.

Sie war mit einem Deutschen verheiratet. Zum ersten Mal seit langer Zeit fühlte ich mich richtig sicher. Ich wurde freundlich behandelt, endlich hatte ich wieder ein anständiges Bett und regelmäßige Mahlzeiten.

Ich überlegte mir, dass ich nun, da meine Existenz soweit gesichert war, Nachforschungen über den Verbleib meiner Familie würde anstellen können.

So schrieb ich, wenn ich nicht gerade im Haushalt half, Briefe an meine Cousine in Berlin und an andere Verwandte um etwas über den Verbleib meiner Familie in Erfahrung zu bringen.

Mit einem Mal bekam ich während der Arbeit Schmerzen unter dem Arm.

Die freundliche, mitfühlende Frau, bei der ich wohnte, fragte mich, warum ich meinen Arm so merkwürdig halten würde, und ich sagte ihr, dass ich Schmerzen hätte. Besorgt sah sie mich an. Genau erinnere ich mich an ihren Blick. Es war der Blick einer Mutter, die sich um ihr Kind sorgt.

Sie bestand darauf, dass wir sofort zu einem Arzt gingen. Und so begleitete sie mich in die Klinik in der festgestellt wurde, dass ich einen Tumor unter dem Arm hatte, und - dass ich schwanger war.

Der Tumor unter dem Arm wurde umgehend operiert. Anschließend musste ich noch im Krankenhaus bleiben. Ich wurde dann nach Rostock in die Frauenklinik gebracht.
Dort wurde ich von einem Professor untersucht.
Elise, zu der ich über das Rote Kreuz hatte Kontakt aufnehmen können, bestätigte als Zeugin, dass ich vergewaltigt worden war.

Bei nachgewiesenen und persönlich bezeugten Vergewaltigungen nahmen die Kliniken zu jener Zeit üblicherweise die Schwangerschaftsabbrüche vor.

Doch der Professor wollte den Abbruch bei mir nicht vornehmen.

So sagte er mir, nachdem er mich sehr lange und gründlich untersucht hatte, dass er das nicht verantworten könne, die Schwangerschaft sei schon zu weit vorangeschritten. Mir war es egal. Zu dieser Zeit konnte ich nicht mehr so viel fühlen.

Ich erinnere mich nur daran, dass ich unglaublich erschöpft war, und dass ich alles annahm, was damals auf mich zukam.

Und dann inmitten dieses Tals erfüllte sich mein größter Wunsch: Ich fand meine Mutter wieder.

Im Grunde fand sie mich, so wie sie mich immer gefunden hatte. Als ich mich zuhause im Spiel versteckt hatte, gelang es ihr immer mich wieder zu finden.

Diesmal geschah es durch einen Brief, den ich an meine Cousine Erna in Berlin geschickt hatte.

Sie hatte meine Adresse an meine Eltern weitergeleitet, und so kam meine Mutter zu mir ins Krankenhaus, kurz nach meinem Geburtstag.

Auch meine ältere Schwester Anna kam. Große Dankbarkeit war zu spüren – die Dankbarkeit darüber, sich in diesem Leben nochmals sehen zu dürfen. Die Schwangerschaft stand nicht zwischen uns.

Sie alle hatten den Krieg erlebt und sie wussten, dass es keine Chance für uns Frauen und Mädchen gegeben hatte – nur der Freitod wäre ein Weg gewesen. Wir alle waren zu Hüterinnen schrecklicher Geheimnisse geworden. Sowohl unserer eigenen, als auch die der Anderen.

Geheimnisse könnte man sie nicht unbedingt nennen, denn geheim waren sie nicht. Doch sie waren unaussprechlich geworden und schwer in ihrer Unaussprechbarkeit – denn man trug sie allein.

Ich wusste, dass ich sie, selbst wenn ich meine Familie wieder hätte, würde alleine tragen müssen. Es gab einfach Dinge, über die man nicht sprach. Meine Familie bildete da keine Ausnahme. Doch darum ging es mir nicht. Ich brauchte sie nicht, um mit ihnen über diese Dinge zu sprechen.

Ich brauchte sie ganz einfach nur, um sie bei mir zu haben. Sie schienen sich kaum verändert zu haben, obgleich zwei Leben zwischen unserem letzten Beisammensein und dem Jetzt lagen.

Da ich eine ganze Weile im Krankenhaus bleiben musste, half ich in der Krankenhausküche mit und erwartete die Geburt meines Kindes.

Juli 1946: Geburt meiner Tochter Marlen

Mitte Juli 1946 wurde meine kleine Tochter Marlen geboren, ein ganz schönes und niedliches Mädchen war sie. Ich konnte sie gleich gern haben. Sie war sehr zierlich, fast zerbrechlich und wunderhübsch, sie roch so unbeschreiblich gut.

Gerade wegen der Umstände ihrer Zeugung erschien mir ihre Unschuld, ihre Schönheit wie die Verheißung einer besseren Zukunft.

Neben mir im Krankenzimmer lag eine Frau, die mein Kind gerne genommen hätte. Sie fragte mich, ob ich meine Tochter hergeben würde, auch, weil ich ja noch so jung sei, aber ich hätte meine Kleine niemals hergegeben.

Viele Frauen aus dem Krankenhaus haben mich damals unterstützt. Sie haben aus altem Stoff Mützchen und andere Kleidungsstücke für Marlen genäht. Diese Hilfe war so schön, so wichtig und stärkte mich sehr. Auch meine ältere Schwester Anna kam oft zu Besuch, später auch Elisabeth.

Die Besuche meiner Mutter und meiner Schwestern bedeuteten mir viel.

Eines Tages kamen dann meine Mutter und meine Schwester Elisabeth mit einem Wäschekorb ins Krankenhaus und haben Marlen zu sich nach Hause geholt.

Ein Teil meiner Familie war nun also wieder beisammen. Zumindest ein kleiner Teil.

Beinahe ist es ein Wunder, dass wir fast alle wieder zueinander gefunden haben.

Meine Schwester Elisabeth hatte man bereits für tot gehalten. Sie war 1945 im Landjahrlager in Ostpreußen gewesen und wollte mit der Gustloff zurückkreisen. Alles war hierfür geplant gewesen.

Als die Gustloff dann versenkt wurde, war man sich sicher, dass auch Elisabeth dieses Unglück nicht überlebt hätte. Doch ein großes Glück hatte sie davor bewahrt, auf der Gustloff ihr Ende zu finden: das Schiff war bereits überfüllt, und man hatte ihr keinen Zugang auf das Schiff mehr gewährt.

Dies hatte ihr Leben gerettet. Und diesem Umstand verdankte ich, dass ich sie nun wieder in die Arme schließen konnte.

Meinen Bruder Karl jedoch habe ich nie wieder gesehen. Er ist in Stalingrad verschollen.
Allerdings träumte ich einmal sehr lebhaft, dass er noch lebte. Im Traum sah ich, dass sein Bein verwundet worden war. Doch er lebte, Menschen kümmerten sich um ihn.

Schließlich ging ich zu meiner älteren Schwester Anna nach Stobbendorf, um ihr dort zu helfen.
18 lange Monate habe ich während dieser Zeit meine Tochter nicht gesehen. Es ging leider nicht anders; meine ältere Schwester brauchte damals jede Hilfe. Ihr Mann war noch in Gefangenschaft und ihre Kinder waren klein. So blieb ich.
Erst als das Heimweh nach meiner kleinen Tochter Marlen nahezu unerträglich geworden war, ging ich, mit der Zustimmung meiner Schwester Anna, zurück, um bei ihr, bei meiner kleinen Marlen zu sein.

Die Kleine wurde vom Opa und von allen vergöttert. Sofort als ich sie sah, hatte ich den Kontakt zu ihr wieder. Es ging so viel Liebe und Freude von diesem Kind aus! Wir lebten nun alle zusammen in einem Gutshaus in Alt Rehse bei Neubrandenburg.

(Mein Vater, meine Mutter, ich und Marlen)

Hier lernte ich auch meinen zukünftigen Ehemann Oskar kennen. Entgegen meiner Ängste wollte er mich, auch mit meiner Marlen. Bald heirateten wir und ich brachte noch ein weiteres kleines Mädchen, Linda, zur Welt.

Doch obgleich wir nun alle beisammen sein konnten, begannen uns doch die politischen Verhältnisse im Osten Deutschlands erneut zu beunruhigen.

Es schien keine Freiheit hier zu geben. Erneut lebte die Willkür der Menschen auf, unter der ich so gelitten hatte. Mein Mann und ich wollten mit den Kindern daher nach Westdeutschland weiterziehen.
Und so sind wir wieder geflohen. Zunächst führte uns unser Weg nach Berlin.

Mein Mann Oskar ging zuerst. Nachts fuhr er zunächst mit dem Fahrrad nach Neubrandenburg, dann nach West-Berlin. Ich kam kurz darauf nach. Unsere Kinder wurden dann von Verwandten zu uns gebracht.
Es war eine Flucht in Etappen, und dies in vielerlei Hinsicht. Von Berlin sind wir nach zwei Jahren ausgeflogen worden und landeten in Hannover. Von dort aus fuhren wir mit dem Zug nach Ulm. Dann gelangten wir nach Rastatt ins Lager, von Raststatt ging es schließlich nach St. Blasien.

Dort bekamen wir Nachricht, dass im Schwarzwald eine Wohnung für meinen Mann und mich und unsere Kinder zur Verfügung stand.

Wir waren am Ende unserer langen Reise angekommen.

Gedanken im Januar - fast 70 Jahre später

Innerlich, da bin ich heute noch auf der Flucht. Besonders in den kalten Herbsttagen, wenn der erste Schnee des Jahres fällt, kommt alles zurück - gerade so, als seien nicht all die Jahrzehnte dazwischen gewesen, die ich seither gelebt habe.

Immer wieder muss ich an die Heimatlosigkeit, die Schutzlosigkeit und die Angst von damals denken. Aber auch an das Gute, das im Kleinen da war.

An Menschen, die mir geholfen haben: an die Polen, die uns Deutschen die Hand gereicht hatten, an Elise, die mir eine Freundin geworden war. Elise habe ich wieder gesehen. Ihr Kind ist leider kurz nach der Geburt gestorben. Sie hätte es so gerne behalten, denn es sah ihrem Bruder so ähnlich, der im Krieg ums Leben gekommen war.
Leider hat sich ihr Wunsch nicht erfüllt. Ihr Mann blieb dann, entgegen seiner ursprünglichen Absicht, doch bei ihr und Elise und ich waren bis zu ihrem Tod gute Freundinnen.

Ich denke auch heute noch häufig an sie.

(Meine Freundin Elise bei ihrem Besuch im Schwarzwald)

Ich denke daran, wie sehr sie sich das Kind, welches ja in einem Akt der Gewalt gezeugt wurde, gewünscht hatte. Wie groß ihre Liebe war, dass sie daran überhaupt nicht mehr dachte und nur das Glück empfand, ihren kleinen Sohn in den Armen zu halten. Viele Frauen hätten das nicht so gekonnt.

Und das verstehe ich auch. Ich selbst hatte das Glück, meine Marlen auch sofort liebhaben zu können.
Doch ich verstehe auch gut, dass gerade dies vielen Frauen nicht möglich war.

Eine Frau hatte damals, Marlen war noch keine zwei Jahre alt, zu mir gesagt, dass sie so ein Kind niemals hätte behalten können.
Das hat mich damals sehr verletzt. Und doch weiß ich auch, dass die Liebe, welche Elise für ihren kleinen Sohn empfinden konnte, und die Meine für Marlen, nicht als etwas Selbstverständliches zu betrachten waren. Ich hätte Elise so sehr gewünscht, dass ihr Sohn bei ihr hätte aufwachsen dürfen.

Eine wundervolle Mutter wäre sie ihm gewesen, das weiß ich genau.

Meinem Mann Oskar war es leider nicht vergönnt über die Umstände, die zur Geburt meiner Marlen geführt hatten, hinwegzusehen.

Genau wie ich es damals befürchtet hatte, als ich dem Major ausgeliefert war, ist es auch eingetreten. Zwar hatte ich einen Mann gefunden, der mich, das beschädigte Mädchen, die beschädigte Frau, zu heiraten bereit war, doch Zeit seines Lebens ließ er mich seine Missachtung spüren.
Seine Missachtung und seine Gewissheit, dass ich weniger wertzuschätzen sei als ein unbeschädigter Mensch. In meinen Augen ließ ihn das jedoch zum Beschädigten werden. Doch soll hier nicht der Ort sein um von ihm zu berichten. Zwar konnte seine Haltung das, was mir in diesem Jahr 1945 passiert war, nicht heilen – im Gegenteil: es öffnete die Wunde bei jeder Bemerkung wieder, jedoch weiß ich nicht, ob überhaupt etwas diese hätte heilen können.

Ich denke oft an das Widersprüchliche. Personifiziert ist das Widersprüchliche für mich in der Person des Majors. Noch immer fühle ich mich wie in der Mitte entzweigerissen, wenn ich an ihn denke.

In den 1970er Jahren hatte ich einen Traum, der vollkommen real auf mich wirkte.

Marlen war zu diesem Zeitpunkt 30 Jahre alt - und etwa ebenso lang hatte ich den Major nicht mehr gesehen. Doch nun, in meinem Traum, sah ich ihn.

Mein Traum begann damit, dass ich gerufen wurde. Ich wusste nicht, wer mich rief, doch ich folgte dem Ruf und gelangte zu einem großen Gebäude, das aussah wie ein Krankenhaus.

Mit dem Gefühl zu wissen, was ich zu tun hätte, betrat ich das Gebäude und wusste auch genau, wo ich hin musste.

Ich ging durch einige Gänge, schließlich um die Ecke durch eine Tür. Da war ein Krankenzimmer, in dem der Major lag.

Er sah alt und krank aus, wie jemand, der auf dem Sterbebett liegt.

Als ich hereinkam, richtete er sich auf und sah mich fragend an.

Sofort wusste ich, was er wissen wollte und sagte: *„Ja, du hast eine Tochter."*

Sein Gesicht zeigte den Ausdruck großer Freude, dann legte er sich zurück, friedlich und entspannt.

Später habe ich durch einige Nachforschungen herausgefunden, dass er in zeitlicher Nähe zu diesem Traum gestorben war.

Man kann einen Menschen auf vielerlei Arten zerstören, und man kann einen Menschen auf vielerlei Arten retten.

Dass der Major mich damals gehen ließ, rettete mich.

Und, in seltsamer Hinsicht, rettete das auch ihn.

Ein Mensch wie er, der solche Gegensätze in sich zu vereinen vermochte wie das, was er mir angetan hat auf der einen Seite und das, was er mir von seiner Seele an Gutem gezeigt hat, auf der anderen Seite.

Als ich feststellen musste, dass die deutschen Männer, mit denen ich zu tun bekam, bei Weitem nicht so anständig waren wie ich gedacht hatte, die mich beschimpft hatten, weil ich das Kind eines Russen in mir getragen hatte, da dachte ich mir, dass viele Menschen in der zerspalten sein müssen: gut und anständig auf der einen Seite, Mörder und Schlächter auf der anderen.

Nicht nur gespalten - zerspalten, zerstört. Auch von der Gräueltaten der Deutschen während des Krieges erfuhr ich das ganze Ausmaß erst, als ich nun selbst in Deutschland lebte. Vieles hatte man geahnt.

Doch die Gewissheit meißelte es unauslöschbar in mich ein.

Ein zerissenes Volk ist das, dachte ich mir oft.

Besonders zu meiner Zeit in Berlin, als mir die Teilung Deutschlands so plastisch und tagtäglich vor Augen stand.

Zerissen, wie ein Mensch, ein Volk, nur sein kann.

Als Kind hatte ich, selbst eine Volksdeutsche, immer große Stücke auf die Deutschen gehalten. Meine Eltern hatten mir viele schöne Dinge aus Deutschland, dem Land unserer Vorfahren, erzählt.

Sie selbst erschienen mir der Beweis für alles Gute und Schöne zu sein, das aus diesem Land kommen musste, in diesem Land beheimatet sein musste.

Meine Eltern, die immer ein großes Vorbild für mich waren, hatten uns alle zu rechtschaffenen, ehrlichen Menschen erzogen.

Rechtschaffen mussten die Deutschen also sein. Rechtschaffen und gut. Das war damals meine Gewissheit gewesen. In der Tat:

Einige habe ich gekannt, auf die diese Beschreibung uneingeschränkt zutraf.

Doch bei sehr vielen wurde sie eingeschränkt, wurde sie negiert durch den Schrecken, den sie im Zweiten Weltkrieg über die Welt - und auch über sich selbst gebracht haben.

Man kann nach Auschwitz, nach Treblinka, nach all diesen Stätten des Todes keine wahre Heimat mehr haben - auch als Deutscher nicht. Weder außen, noch innen, nirgends mehr auf dieser Welt.

Wer gesehen hat, wie die Einheit der Menschen zerrissen wurde - wie kann der an eine Heimat, vielleicht gar noch an ein Gefühl von Heimat glauben, welches auf einer, wie auch immer gearteten Einheit von Menschen beruht?
Abgesehen von Streitigkeiten zwischen Menschen. Die meine ich nicht. Jene gehören dazu.
Vielmehr meine ich das Gefühl von Einheit, die uns letztlich alle als Vorübergehende, auf letztlich Sterbende für einen kleinen Moment in dieser Welt heimisch werden lässt.
Sich für die gute Seite zu entscheiden, für das, was uns Menschen als Menschen eint, das ist seither mein Anliegen.
Der Menschen Los – es zeigt sich in vielerlei Gestalt.
Diese ist es, die ich mit mir tragen möchte – aus dieser Welt hinaus und zugleich in sie hinein.
Es ist etwas, das ich mir auch für meine Nachkommen wünsche.

Für meine beiden so wunderbaren Töchter und deren Kinder.

Ich wünsche mir, dass sie, was auch immer das Leben ihnen bringen möge, Menschen begegnen, die ihnen die Hand reichen. Umgekehrt wünsche ich mir auch, dass sie es sein können, die anderen die Hand reichen.

Vielleicht Fremden, Flüchtlingen, so wie ich es damals war.

Ich wünsche mir, dass sie zum Frieden bereit sein mögen, und dass die Stimme ihres Gewissens niemals verstummen möge, dass sie sich einsetzen können für andere. Für jene, die fremd sind.

Ich wünsche ihnen zu gleichen Teilen Liebe, Mut und Wahrhaftigkeit denn ich kann sagen, dass ich durch diese das Jahr 1945 überleben konnte.

Durch die Handreichung anderer und die Liebe meiner Eltern, durch den Mut der in mir – auch durch die Hilfe anderer - und auch inmitten großer Schutzlosigkeit wuchs.

Die Hilfe anderer – sie konnte groß sein oder klein. Wichtig war, dass es sie gab. Sie schenkte Hoffnung in einer Zeit, in der zu Hoffnung kein Grund zu bestehen schien.

Nach der Wende bin ich noch einmal zum Ort gefahren, in dem sich die Kommandantur befunden hatte. Ich hatte gehofft, dass eine solche Reise mir helfen könnte, diese Erlebnisse, die mich bis heute quälen, zu verarbeiten.

Fast alle waren sie tot, kaum etwas hatte sich zum Guten verändert. Zumindest nicht für mich. Im Gegenteil, so erschien es mir. Die Kirche war abgerissen.

Die Glocken, die mein Vater geläutet hatte, waren verschwunden. Birkenbruch war dem Erdboden gleichgemacht. Es war einem Brand zum Opfer gefallen.

Kein einziges der Häuser unserer alten Ortschaft war mehr auffindbar. Doch Netztal, die Stadt, in der die Kommandantur gewesen war, gab es noch.

Die Herberge der einstigen Kommandantur sah verändert aus, die Fenster waren anders. Sie hatten sich der schweren Fensterläden entledigt.

Und doch war es dasselbe Gebäude. Von außen betrachtet sah es harmlos aus.

Nicht anders als eine beliebige Wohnung, die Familien beherbergen konnte - oder aber auch Fremde. Doch der erste Anschein trog. Es war keine beliebige Wohnung; es konnte keine beliebige Wohnung sein. Die kalte, grausame Gewalt der Menschen schien sich in jedem dieser alten Mauersteine festgesetzt zu haben.

(Ehemalige Kommandantur in Netztal)

Sowohl die unsägliche Gewalt der Deutschen, mit all ihren unbeschreiblichen, beispiellosen Verbrechen gegen die Menschlichkeit als auch die Gewalt der Polen und die der Russen. Es waren in ihrer Art unterschiedliche Formen gewesen.

Manche glichen sich, andere unterschieden sich aufs Äußerste voneinander, und doch ließen sie alle das graue Gefühl der Leere, der Zerstörung zurück.

Meine Gedanken flohen vor jedem Schritt in der Straße, und die armen, alten Häuser verrieten nichts mehr von dem Schrecken, den sie einst beherbergt hatten, noch schenkten sie Frieden.

Doch dann gab es eine Wendung, eine kleine, doch wichtige in mir wachsende Ausnahme, die mir einen Weg wies: die lebendige Begegnung mit den Menschen dort.

In Lilienfelde fuhr ich zu dem Haus, in dem ich mit meinen Eltern bis zum Ende des Jahres 1944 gelebt hatte.

Ich klingelte an der Tür und die Polen, die nun darin wohnten, öffneten mir.

Sie zeigten mir alles. Ihre Freundlichkeit war überwältigend. Zum Abschied schenkten sie uns das alte Waffeleisen meiner Eltern. Es war das Letzte, das von unseren damaligen Besitztümern noch übrig war. Die Familie, die jetzt in diesem Haus wohnte, wollte mir mit dem Waffeleisen eine Freude machen. Man merkte es ihnen deutlich an. Das ist ihnen gelungen.

(Das ehemalige Haus meiner Familie in Lilienfelde)

Ihre Freundlichkeit wirkte auf mich ein und tröstete mich über die zahlreichen Zeichen des Verfalls hinweg, die mir überall zu begegnen schienen.

Ihre Wärme, die Verbundenheit, die ich mit einem Mal für uns alle empfand, weckte etwas in mir: das verloren geglaubte Gefühl von Heimat.

Der stumme Soldat von damals kam mir in den Sinn. Der stumme Mensch, der für all das stand, was uns Menschen voneinander getrennt hatte.

Umgekehrt auch für das, was uns letztlich alle miteinander verband.

Im Getragen-Sein dieses Augenblickes kehrte ein Fünkchen Heimat in mich zurück.

Auch wenn die, die ich gekannt hatte, wenn alles, das ich gekannt hatte, so nicht mehr da war. Es war eine andere Form von Heimat.

Mochte der Dichter Hesse am Ende doch Recht behalten haben? Noch immer kann ich es nicht sagen. Doch ich verstehe nun zumindest besser, was er damit gemeint haben könnte.

So zog ich an den verfallenen Überresten Birkenbruchs meine Runden und dachte nach.

(Verfallene Scheune bei Birkenbruch)

Eine Frau von damals kannte ich noch. Auch sie besuchte ich. Frau Dreier. Eine Polin war das, und eine gute Bekannte.

Eine von denen, die uns die Hand gereicht hatten.
Ich hatte sie in guter Erinnerung behalten.
Sie nun nach all den Jahrzehnten dazwischen zu sehen, war etwas ganz Besonderes für mich.

Ihr Haus war klein und unscheinbar. Nichts wies auf den Schatz hin, der sich den Blicken entzog.

Doch in ihrem Garten, hinter dem Haus, wuchsen Blumen, ein buntes Meer, mehr als ein Farbtupfer in all dem Grau.

(Das Haus meiner Bekannten, Frau Dreier)

Ihr wunderbarer Duft erfüllte die sommerliche Luft.
Nelken und Margeriten, Schwertlilien, Ringelblumen, Tausendschönchen und roter Mohn boten ein Bild, welches kein Künstler wahrlich hätte schöner malen können.

Da ich auf dem Weg zum Friedhof war, um der Toten zu gedenken, fragte ich sie, ob ich einige Blumen aus ihrem Garten dorthin mitnehmen könnte.

Sie nickte, ging in den Garten und kam mit so vielen Blumen in den Armen zurück, wie sie nur tragen konnte.

Dieses Bild, wie sie da auf mich zukam, bedächtig, mit all den tränenschönen, erhabenen Blumen in ihrem Arm, bewegte etwas in mir.
Den Ausdruck auf ihrem Gesicht werde ich nie vergessen.

Zu meinen Geschwistern brachte ich jeweils einen ganz großen Strauß. Auf jedes Grab einen eigenen. Einzelne Blumen legte ich auf die übrigen Gräber.

Die Blumen legten sich schützend auf die dunkle Erde und trösteten mit der wissenden Unwissenheit ihres stillen Leuchtens.

Die gerade 14-jährige **Greta Graumenz**, eine Volksdeutsche, verliert im Januar 1945 ihre Familie, ihre Heimat, ihre Rechte als Bürgerin.

Fortan ist sie schutzlos unterwegs, *„vogelfrei"*, der Willkür und den Übergriffen der Vertreter der Siegermächte ausgeliefert.

In dieser wahren Erzählung wird die Flucht Gretas aus ihrer Heimat Westpreußen bis in den Schwarzwald nachgezeichnet.

Claudia J. Schulze ist Bibliotherapeutin und Autorin. Bei der Bibliotherapie werden, mit Hilfe des geschriebenen Wortes, seelische Vorgänge und Erlebnisse verarbeitet.

Titelbild: Vita Tucaite, Vilnius, Litauen

Lektorat: Matthias Ziebarth, Frankfurt

Karte: Gerriet Kohls, Leer

Kontakt: CJ.Schulze@gmx.de

Polen seit 1945

Quelle / Urheber: Gerriet Kohls